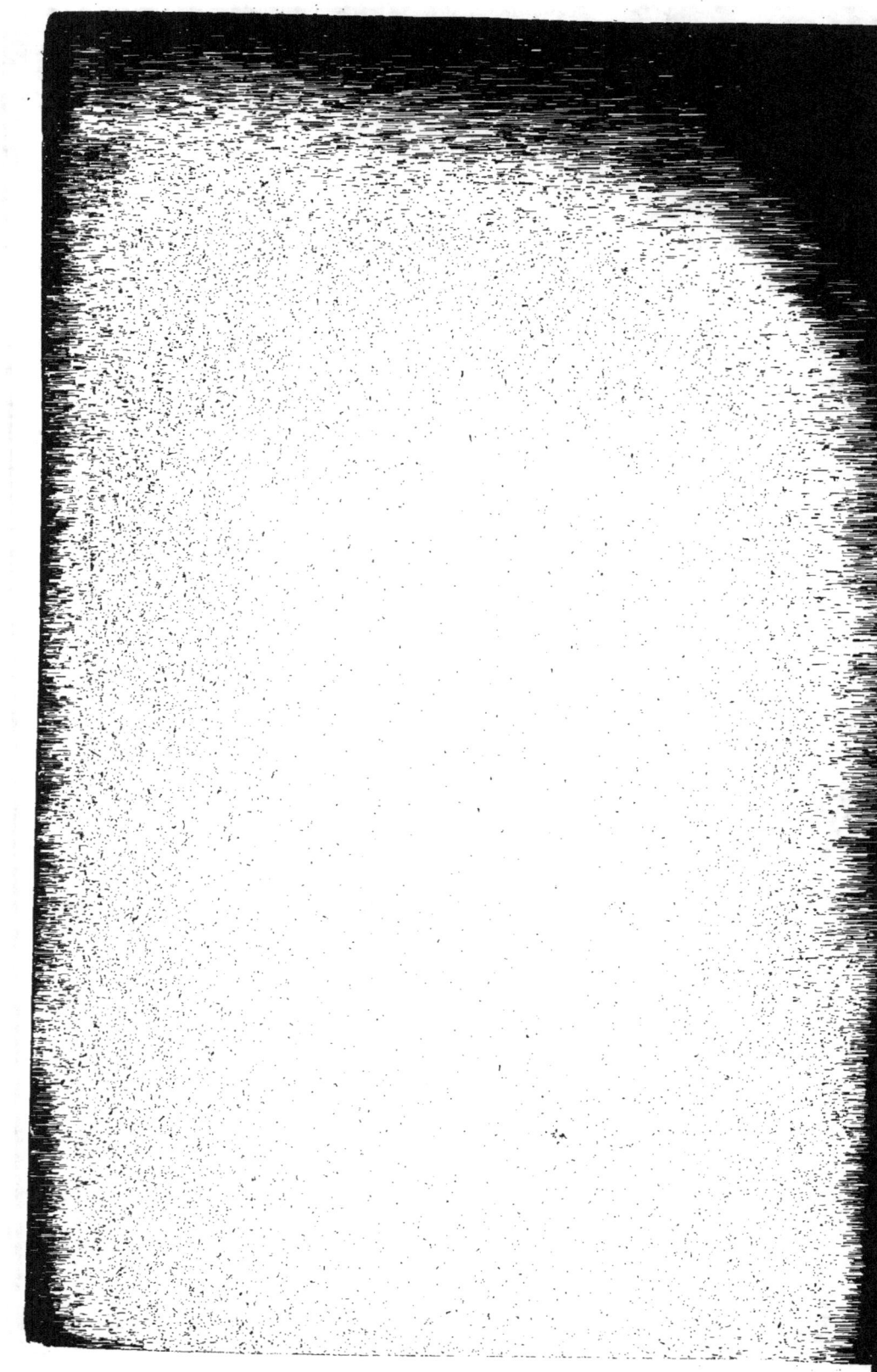

PLAISEUR

POÈME

PAR

LAVIGNAN

Secrétaire-adjoint

... du comité du Cercle catholique d'ouvriers, de Tarbes

PRIX : 50 CENTIMES

TARBES

IMPRIMERIE DE ... PLACE ...

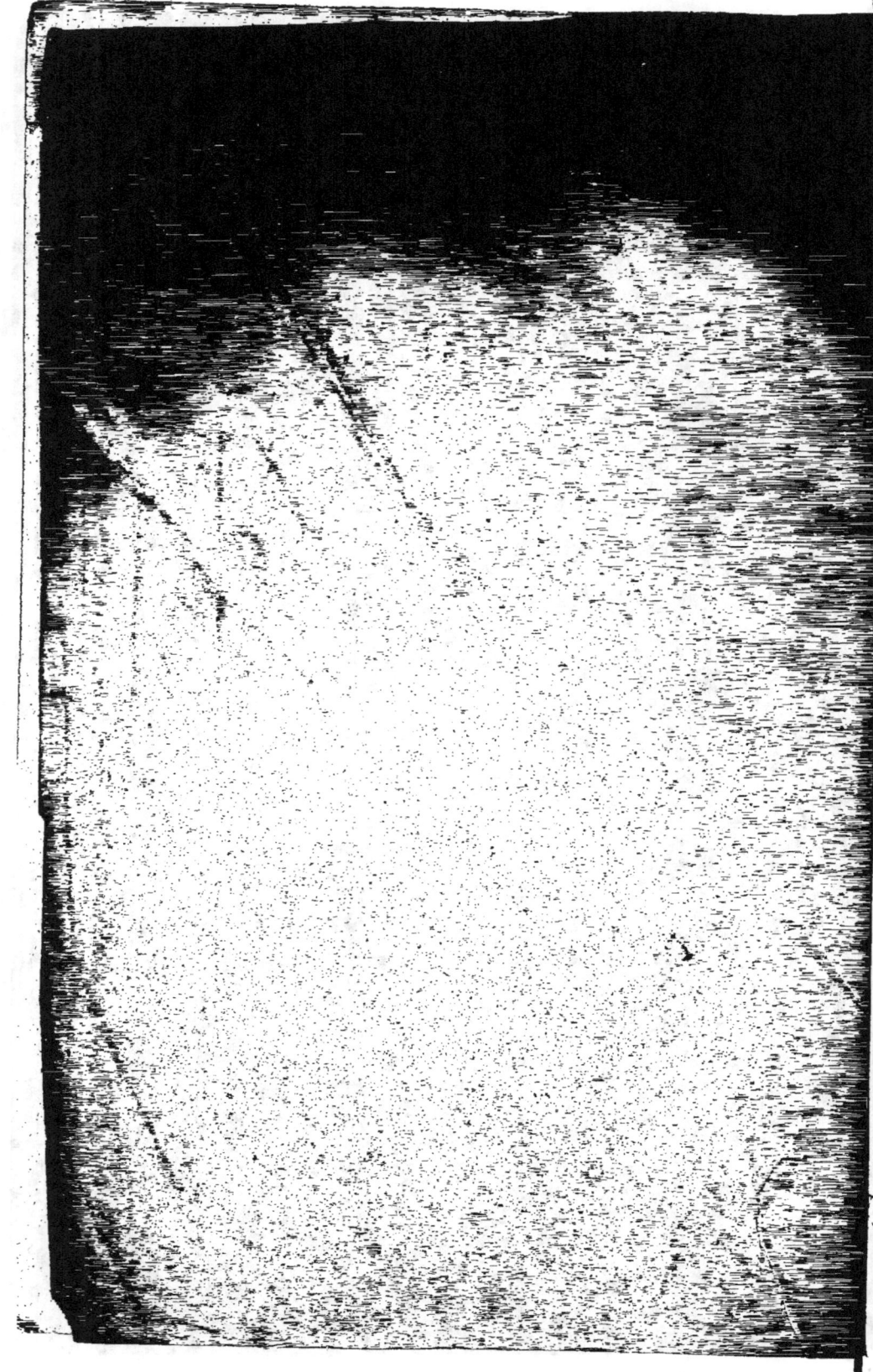

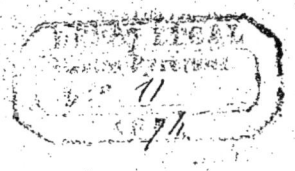

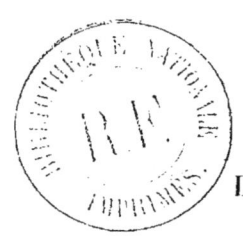

LES

LIBRES-PENSEURS

POÈME

LES

LIBRES-PENSEURS

POÈME

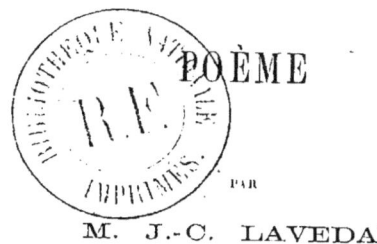

PAR

M. J.-C. LAVEDAN

Serrurier- iseleur

Membre du comité du Cercle catholique d'ouvriers, e Tarbes

NOVEMBRE 1873

TARBES

IMPRIMERIE DE TH. TELMON, PLACE MAUBOURGUET

PRÉFACE

Si difficile qu'il soit de parler de soi, j'éprouve le besoin de dire pourquoi j'ai fait ces vers.

Et d'abord je n'ai aucune prétention à la littérature.

Je suis ouvrier en fer et par conséquent plus apte à polir les métaux que les phrases. Mais est-ce à dire que le droit de penser me soit interdit ? Je laisse à mes lecteurs le soin de répondre à cette question.

Habitué dès ma plus tendre enfance à reporter vers Dieu ce qui nous vient de lui, j'ai toujours placé la religion au-dessus de toutes choses et professé pour le divin Maître le culte le plus profond.

J'en appelle à vous, Seigneur, qui savez quel charme j'ai toujours trouvé à entendre votre ravissante parole ;

J'en appelle à vous pour dire toute mon admiration, lorsque vous suivant par la pensée à travers les plaines et les montagnes de la Judée, je vous voyais parcourir les chemins abrupts, insoucieux des ronces qui ensanglantaient vos pieds nus.

Vous seul, Seigneur, savez avec quel orgueil je vous voyais instruisant les docteurs dans le temple, après en avoir chassé ces juifs mercantiles et impies.

Oui, Seigneur, vous savez seul avec quel bonheur je vous voyais guérissant les aveugles et les paralytiques, ressuscitant les morts et donnant au monde ces grandes leçons qui devaient traverser les siècles en dépit des passions et de l'infatigable ardeur des esprits infernaux.

Dans une circonstance dont le récit ne saurait intéresser personne, je fis un vœu qu'il est grandement l'heure d'accomplir.

Il vous souvient, ô mère du Sauveur, du jour où ces nobles et pieux enfants du séminaire de Bayonne, mêlant leurs voix puissantes aux mugissements des eaux du Gave, faisaient retentir l'air de chants que l'écho des montagnes redisait avec tant de poésie.

Oui, sans doute, il vous souvient de ce pèlerin qui, tout en jurant de consacrer son intelligence à votre gloire et à celle de votre divin Fils, vous demandait, les yeux pleins de larmes brûlantes, de daigner dissiper ses troubles et cicatriser les plaies saignantes de son âme.

Oh ! vous n'avez pu l'oublier, Vierge sainte, ce pèlerin, qui, à l'issue de sa prière, se relevait soulagé déjà, et se retirait le cœur rempli des espérances que les rayons de votre grâce céleste y avaient fait pénétrer.

. . . .

. . . .

Ainsi s'explique ce poème qu'en raison de son peu de valeur j'hésitais pourtant à publier.

Mais, invité par mes collègues du comité du cercle catholique d'ouvriers, de Tarbes, a en dire quelques passages à la séance d'inauguration, présidée par Monseigneur Langénieux, je reçus de telles félicitations de la part de S. G. et d'un auditoire aussi distingué que nombreux, des applaudissements si souvent répétés, que ma résolution en fut ébranlée.

Et lorsque les sollicitations de la plupart de mes auditeurs et d'autres personnes non moins marquantes sont venues s'ajouter à tant d'encouragements, si faibles étaient déjà mes scrupules, qu'ils ont presque cédé sans combat. Mon trouble est profond, je l'avoue, mais le sentiment du bien que ces vers peuvent être destinés à répandre m'offre une trop précieuse compensation pour que je songe à prolonger la résistance. Et le puis-je, d'ailleurs, sans parjure ?

Puissent-ils donc, malgré leur faiblesse et leur imperfection, terrasser ce grand ennemi social qui s'intitule si audacieusement la libre-pensée.

Puissent-ils mettre en garde contre les feuilles malsaines dont le pays est infesté.

Puissent-ils, surtout, servir à la plus grande gloire de Dieu.

LES

LIBRES-PENSEURS

POÈME

Ad majorem Dei gloriam.

La foi n'est plus, dit-on... ce siècle est incrédule,
La croix n'est qu'un vain mot... la religion nulle.
Le paradis, l'enfer, de grossières erreurs
Que l'on n'accepte plus... « autres temps, autres mœurs. »

L'on ne croit plus aux saints, en Dieu pas davantage...
Sus donc au Vatican... les brefs sont d'un autre âge.
Le lourd vaisseau papal sombre faute d'agrès ;
Qu'il s'abîme, il est temps... c'est l'heure du progrès.

Mystérieux pouvoir, occulte dictature,
Tes abus, tes excès, ont comblé la mesure.
Tombe cent fois honni des peuples exécré !
Disparais à jamais tu n'as que trop duré !

✱✱

Victimes de l'erreur, en butte à la souffrance,
Nos pères ont vécu longtemps dans l'ignorance,
Dans un triste milieu, fanatique, brutal,
Toujours le front courbé sous le joug monacal.

Le froc ne règne plus, et si, par aventure,
On se heurte en passant à la robe de bure,
Du moine ou du chartreux, tant en honneur jadis,
A laquelle on prêtait les clés du paradis,
Par un sot préjugé simplement ridicule,
Qui, des siècles durant, maintint sous la férule
Un peuple subissant le plus cruel destin,
Avec tout ce qui pense on peut lui dire enfin :

« Garde tes *oremus*, rengaîne tes bannières,
« C'est l'heure du progrès, c'est l'ère des lumières,
« Tous les vents ont soufflé sur tes prétentions,
« Le temps à fait beau jeu des superstitions.
« Qui donc s'inquiéterait des foudres du St-Père ?
« Le droit pontifical n'est plus qu'une chimère
« Dont on rit volontiers, les bulles, l'interdit,
« Un moyen sans valeur, suranné, décrépit ;
« La tempête a passé sur la pourpre Romaine,
« Se jouant, abusant de la faiblesse humaine,
« Et ses traditions ne sont que parchemins
« Poudreux, usés et vieux autant que les chemins. »

Pauvres libres-penseurs ! ce sceptique langage
De votre livre d'or est la moins triste page ;
Tous vos agissements, vos propositions,
Ne sont qu'un noir tissu d'horreurs, d'abjections.

De vos raisonnements la forme doctorale
Ne nous fera jamais accepter la morale,
Si littéralement contraire à notre foi,
Que vous nous proposez et dont vous faites loi.
Au-dessus du savoir et de toute science
Nous plaçons le repos de notre conscience.
Pour nous, le vrai talent et l'érudition
Sont bien absolument dans la rédemption ;
Et c'est là tout notre art, notre littérature ;
Nous devenons savants en lisant l'écriture.
Elle nous montre Dieu dans toute sa grandeur,
De la terre et des cieux incontestable auteur.
Nous nous soucions peu de Platon, de Virgile,
Ce qu'il nous faut savoir, surtout, c'est l'Evangile ;
Et nous nous efforçons de nous faire expliquer
Les mérites du Christ pour nous les appliquer.

Contestant qu'une main coordonne les astres,
Vous allez, sourdement, préparant des désastres.
Le souffle ténébreux, inspirant vos raisons,
Introduit le malheur, l'enfer dans les maisons.

Vous osez blasphémer, huer, braver en face
Celui qui sut lancer le monde dans l'espace,
Le Seigneur qui, d'un mot, tira tout du néant,
Vous ne voyez donc pas le gouffre affreux, béant,
Qui récèle déjà des monceaux de victimes
Et n'attend plus que vous, vos frères, vos intimes ?
Vous ne voyez donc pas que ces temps malheureux
Ne sont qu'un châtiment de vos crimes nombreux ?

Mais non, fatalement, suivant la même ligne,
Vous attaquez nos us d'une manière indigne.

Espérez-vous au moins dans votre égarement
Nous faire partager votre abject errement ?
A savoir, qu'il n'est rien en nous que la matière ;
Que les corps, quels qu'ils soient, la terre tout entière,
Le temps et les saisons, comme tout élément,
Sont ainsi disposés tout naturellement ?

Dites donc à la fleur, qu'un matin voit éclore,
Si le vif incarnat qui bientôt la colore,
Et qu'elle perd souvent du jour au lendemain,
Elle ne le tient pas d'une puissante main ?
Dites au papillon, à la grande famille
De tous ces gais oiseaux, dont le vallon fourmille,
Qui les revêt de vert, ou de rouge, ou de noir,
Pourvoit à leur pâture, à leur gîte du soir ?
Mais apprenez-nous donc enfin, sans réticence,
Qui pourrait tout cela, sinon la Providence,
Qui donne à nos jardins ces tons harmonieux,
Remplit de sa grandeur l'immensité des cieux ?
A la perdre de vue usez votre cervelle,
Mille voix chaque jour vous reparleront d'elle
A tous les horizons, par tout où vous irez,
Aux champs, au fond des mers vous la retrouverez.
L'insecte aux ailes d'or, le buisson, le brin d'herbe,
Le chêne, le roseau, l'if, le cèdre superbe,
Le parasite ailé, les hôtes du gazon,
Le lion orgueilleux, la mouche, le ciron,

Le frétillant poisson, la blanche tourterelle,
Le buffle aux flancs puissants, la timide gazelle,
Dans la création, en des modes divers,
Tout chante un *Te Deum* au roi de l'univers.

Après cela, messieurs de la libre-pensée,
Vous soutiendriez encor votre thèse insensée ?
Vous pourriez persister dans cette énormité
De ne rien accorder à la divinité ?
Lorsqu'en tout, ici-bas, son action éclate,
Votre esprit se révolte, et votre orgueil se flatte
D'en détruire les lois, sur elle enfin primer
Et radicalement bientôt la supprimer ?

En lutte contre Dieu, toujours vaille que vaille,
Vous trouvez le moyen de lui livrer bataille.
Après de longs essais, vos monstrueux travaux
Nous proclament issus d'immondes animaux.
Par la sélection, fatale, naturelle,
L'homme, paraîtrait-il, découverte nouvelle,
Frappante, concluante et de puissant attrait,
L'homme, ni plus, ni moins, du singe descendrait ! !

O Dieu juste, Dieu grand ! toi, si bon, toi, si sage,
Toi, qui daignas former l'homme à ta propre image,
Au lieu de te bénir d'un aussi grand bienfait,
L'homme encor contre toi tente un nouveau forfait !

Dieu n'a qu'un ennemi... cet ennemi, c'est l'homme,
Lui qui n'est que limon... presque rien... un atome !
Dieu l'avait créé bon, un funeste penchant
L'a bientôt fait impie et l'a rendu méchant !
Dieu daigna mettre en *lui* le sens, l'intelligence,
Pour qu'il aimât le bien... il pratique l'offense !
Dieu mit la majesté sur son sublime front :
Il veut y porter, *lui*, le stygmate et l'affront.
Dieu forma son esprit, son cœur à la droiture :
Il veut sacrifier au vice, à l'imposture,
Et, plein d'illusions, de ce Dieu bienfaisant,
Pour *lui* la règle est dure et le joug trop pesant.

Mais pourquoi donc de Dieu l'homme aurait-il affaire ?
L'homme a des sens que Dieu défend de satisfaire,
Aussi dans son orgueil et sa témérité
Il va, faisant le mal, niant l'éternité !
Dieu banni de son cœur, plus d'idée importune ;
Il reste bien la mort, car la mort est commune,
L'heure en devra sonner il en est bien certain,
Mais dans un avenir si vaguement lointain,
Que l'image en est faible... à peine s'il y songe ;
Une fièvre ardente à tout âge le ronge,
Sans s'émousser jamais l'aiguillon du désir
Lui fait avidement rechercher le plaisir
De ce qu'il aime un jour, un jour le désenchante ;
Et las, presque honteux d'une vie énervante,
Vers d'autres horizons son esprit prend l'essor ;

Entrant dans l'âge mûr il a la soif de l'or,
Absorbé, soucieux, il travaille, il s'agite ;
Que de jours, que de nuits passés loin de son gîte !
Pour un impur métal que de privations
Et bien souvent, hélas ! quelles déceptions !...
Car parfois le malheur succède aux temps prospères :
Que reste-t-il ? l'abîme et des larmes amères !...

Essayant de saper nos institutions,
Vous ridiculisez nos aspirations ;
A nos lois opposant une plume fangeuse,
Vous donnez carte blanche à votre humeur rageuse ;
Et pour flétrir l'Église et ses commandements,
Votre haine est fertile en méchants arguments.

Dieu chassé de partout ! la croix battue en brèche !
N'est-ce point là, messieurs, le but de votre prêche ?
Rome vous importune, et le culte divin
Excite vos clameurs, vos attaques sans fin.
Il faudra bien pourtant que votre ardeur se lasse,
Ne rencontrant jamais un défaut de cuirasse,
Quand vous insinuez en jargon captieux
Qu'on ne peut qu'être athée ou superstitieux.

Cœli enarrant gloriam Dei.

Comment en vous, Seigneur, pourrait-on ne pas croire
Quand l'univers entier raconte votre gloire ?

Levez les yeux au ciel. Voyez comme il est pur,
Rien n'en ternit l'éclat, n'en assombrit l'azur ;
C'est en vain que la nuit étend ses sombres voiles,
Tout resplendit des feux d'innombrables étoiles.

Parfois, du firmament Dieu semblant l'exiler,
Vers la terre on peut voir l'une d'elles filer
Presque comme l'éclair, allant d'un vol rapide,
En traits étincelants, se perdre dans le vide.

Qui donc en contemplant ces astres merveilleux
Dispersés ou formés en groupes grâcieux,
Oserait ne pas voir dans la voûte céleste
De la grandeur de Dieu la preuve manifeste ?
Quelle douce harmonie ! et quelle majesté !
Quelles vives lueurs ! quelle immense beauté !
Que de miroitements !... de grands effets de lune
Sur la forêt, la mer, le fleuve, la lagune ! !

Comment expliquez-vous, philosophes fameux,
Tous ces différents corps, tous ces points lumineux ?

Il est une science enseignant leur structure,
L'ordre et leur nombre exact, du globe l'ossature,
Le développement et la rotation ;
Mais Dieu seul en connaît l'organisation.

Voilà ce qu'il faudrait dire dans vos écoles.

Les steppes, les volcans, les glaciers, les pôles,
Comme le val fleuri près du pic orageux,
Dominant fièrement tant de monts nuageux,
Vapeurs, épais brouillards, bienfaisantes rosées,
Tous les airs, aquilon, ou brises embaumées,
Sont l'œuvre de ses mains : disons-le sans regret,
De cette économie il a seul le secret.

Savoir est un besoin. Instruisons la jeunesse,
Mais rendons-la surtout digne de sa tendresse ;
A tous absolument inspirons le désir
De bien connaître Dieu pour l'aimer, le servir.

Que nous font ces succès dont vous vous montrez ivres ;
Redoublez votre ardeur, pâlissez sur les livres,
Faites parler la sphère et le méridien,
Malgré tous vos efforts, vous ne prouverez rien.

In te, Domine, speravi; non
confundar in æternum !

Naguère étincelant, superbe, radieux,
Le soleil est blafard, incertain, soucieux ;
On voit à l'horizon comme une sombre masse,
D'où fuit échevelé le nuage qui passe.
Tout paraît consterné... le jour baisse, et soudain,
D'abord lugubre et sourd, le tonnerre lointain
Jetant à tous les vents ses notes formidables,
Roule ses grondements, ses éclats redoutables.
La menace est écrite au couchant ténébreux,
Où la nuit est profonde et les éclairs nombreux.
L'espace est embrasé... l'air siffle sans relâche,
Sous le feuillage épais l'oiseau tremblant se cache,
L'insecte s'est blotti dans un trou du pré vert,
La sente est désolée et le vallon désert.
Le troupeau plein de trouble abandonnant la lande,
Frémissant, affolé, se heurte, se débande ;
La buse, au bec crochu, vers le bois prend son vol,
La feuille et le bourgeon couvrent déjà le sol.
Le cheval effaré fuit le gras pâturage.
Surpris, le laboureur s'écrie : ah ! quel orage !
Ste-Vierge, Dieu bon, prenez pitié de nous !...
Mais vous, libres-penseurs, comment le prenez-vous ?

Une épaisse vapeur s'étend sur la colline ;
Le long du chemin creux l'arbre se tord, s'incline ;

Le nuage élargi les couvre de ses flancs,
Et pèse sur les airs inquiets et brûlants.
Les vents sont déchaînés, la tempête, en sa rage,
Renversant les épis, les meurtrit, les ravage.
Le temple fait parler sa grande voix d'airain,
Un sentiment d'effroi glace le cœur humain.

Une masse de feu déchire, fend la nue ;
Le ciel est ébranlé dans sa vaste étendue,
Et des monts, en fureur descendent les torrents,
La rivière s'accroît d'un millier d'affluents.
L'onde gronde, mugit, la foudre éclate et frappe ;
Les globules glacés brisent la jeune grappe,
Et, passant sur le champ, en flots, en tourbillon,
Ils laissent après eux la mort dans le sillon.

Cette heure-là pour nous est grande, solennelle ;
Pas un indifférend, non, plus un cœur rebelle !
Comme l'homme des champs, le simple laboureur,
Brûlant le buis bénit, nous prions le Seigneur
Qui fit tout, qui peut tout et qui de tout dispose,
Et dans la main duquel notre avenir repose ;
Lui qui règle des mers le flux et le reflux,
Et qui fit l'astre-roi d'un seul mot : *Fiat Lux*.

A l'ombre du manteau de la philosophie
Votre esprit dépérit... votre cœur s'atrophie,
Et dans l'entraînement de vos sens révoltés,
Vous mettez en péril toutes vos facultés.
Cessez, il en est temps, la guerre inique, impie,
Qui corrompt, empoisonne, avilit votre vie,
En scrutant la nature, ayez de nobles buts,
Respectez notre foi, Dieu, tous ses attributs.

A tout approfondir mettez de l'importance ;
De la terre au soleil mesurez la distance ;
Réglez à votre gré des constellations,
La marche, les progrès, les révolutions.
Nombrez, déterminez, observez les comètes ;
De ce que vous voudrez éclairez les planètes.
Des savants disparus redressez les écarts,
Dans votre habile main assemblez tous les arts ;
Brisez de votre esprit le cercle qui l'enserre ;
Fixez le firmament, faites tourner la terre ;
Egalez, surpassez, éclipsez Copernic,
Passez tout au creuset, au filtre, à l'alembic,
Dieu n'en sera pas moins ce qu'il est : immuable
Créateur, tout-puissant, éternel, insondable,
Un esprit infini, malgré l'orgueil humain,
Des cieux, de nous, de vous, le maître souverain.

C'est lui qui revêt d'or l'épi de nos campagnes,
Qui féconde les flancs des plus rudes montagnes ;
Grâce à son bras puissant, tout s'enchaîne, se suit,
Et tout nous vient à point, le temps, le jour, la nuit.
Dieu donc est vérité, vérité lumineuse.

Précipité du haut d'une existence heureuse,
Cet homme que la foule a souvent envié,
Du sentier du bonheur brusquement dévié,
Sent que de son cerveau la raison se retire,
L'abandonnant en proie au plus affreux délire ;
Son sang monte, s'agite en tumultueux flots,
Déjà du désespoir il entend les grelots.
Sous l'aile de la mort un rude choc le pousse,
Mais ce n'est point son heure, et la mort le repousse.
Ne trouvant plus ni paix, ni trêve, en aucun lieu,
Il regarde le ciel et s'écrie : Oh ! mon Dieu !

Aux plus pires conseils la porte était ouverte ;
Cet homme n'était plus qu'à deux doigts de sa perte,
Lorsqu'un bon mouvement, un noble élan du cœur,
Lui fait spontanément invoquer le Seigneur.

Dieu partout, Dieu toujours, bien que son nom vous froisse !
Dans un moment critique et de poignante angoisse,
Découragé, meurtri, sans force, sans soutien,
De ce Dieu méconnu l'homme se souvient bien ;
Quand son cœur ulcéré déborde d'amertume,
Le front humilié, le corps couvert d'écume,
Lorsqu'il tombe brisé par son dernier assaut,
Abandonné de tous, il regarde là-haut !

Chancelante, ébranlée à l'heure de l'épreuve,
La foi se raffermit, s'enflamme... quelle preuve
Que Dieu fut et sera de toute éternité !
Dieu donc est éternel, Dieu donc est vérité !

Voyez ce frêle esquif que la vague balotte,
Et que le vent retient captif loin de la côte.
Un homme est là, priant, sans souci du trépas,
Tenant un aviron, dont il ne se sert pas.
La mer est agitée... Elle mugit, bouillonne ;
La vague, en s'élançant, menace, tourbillonne ;
Le canot vient de faire un prodigieux bond,
Et tracer dans les eaux un sillage profond.
Dieu partout, Dieu toujours ! la lame furieuse,
Goûtant de ce marin l'âme religieuse,
Sait mettre à l'épargner le plus scrupuleux soin,
Passant sans le toucher, va se briser au loin !
Dieu partout, Dieu toujours ! au fort de la tourmente,
Cet homme invoque Dieu, Dieu comble son attente ;
Les flots vont s'apaisant, le soleil reparaît,
Le canot glisse fier dans un calme parfait.
C'est plaisir de le voir dans sa tranquille allure,
Quand, sous l'impulsion d'une main ferme, sûre,
Il va nargant le vent, lui pourtant si fluet ;
Mais la mer est vaincue, et le vent est muet.

Toujours les yeux au ciel, plein de foi, de courage,
Notre homme maintenant rame vers le rivage
Où bientôt, grâce à Dieu, sain et sauf, triomphant,
Il est sûr de revoir les siens, son jeune enfant !

Fameux libres-penseurs, dépouillez la jactance,
Et venez, de la foi contempler la puissance.
Voyez, en pleine mer, ce marin courageux,
Voguer au gré des vents et des flots écumeux ;
L'onde passe en grondant et le canot oscille,
Son front mâle est serein et son âme tranquille ;
Attendant tout du ciel, il voit sans sourciller
D'affreux déchirements, et l'éclair scintiller.

En face du péril, d'un surhumain obstacle,
Il prie, et fermement ose attendre un miracle...
Qu'il verra s'accomplir sans trouble, simplement,
Comme un fait naturel, sans nul étonnement.
Il sait que celui-là qui reçoit sa requête
Peut enchaîner les vents et dompter la tempête ;
Il s'adresse à celui dont l'immense pouvoir
Peut rendre le flot calme, uni comme un miroir.

De ce Dieu tout-puissant, qui vous fait tant ombrage,
Ce que vous admirez est sûrement l'ouvrage ;
Et s'il a tout réglé dans cet ordre parfait,
Ne le contestez pas, c'est pour nous qu'il l'a fait.

Pour nous ces océans, ces bois, cette onde pure,
Pour nous ces frais tapis d'émail et de verdure,
Avec tout leur éclat, leurs suaves senteurs ;
Pour nous de tant de fruits les exquises saveurs ;
De tous ces animaux l'immense multitude
Vivant dans les forêts ou dans la servitude ;
Pour nous aussi leur chair et leur riche toison ;
Pour nous qui l'offensons sans cesse, hors raison,
De tant d'êtres encor les nombreuses peuplades,
Sources, ruisseaux chantants, transparentes cascades,
L'effroyable torrent, heurtant, battant le roc,
Aussi majestueux que terrible en son choc ;
Pour nous tous ces oiseaux au splendide plumage,
Au vol si grâcieux, au tendre et doux ramage,
Qui vont, fendant les airs, par bandes, à foison,
Peuplant les prés, les champs, au temps de la moisson ;
Tant de variétés, d'espèces aquatiques,
Tous ces lacs, ces poissons, ces perles magnifiques,
De ces profondes mers les multiples trésors,
Renfermés dans leur sein comme épars sur leurs bords ;
Pour nous tous ces monceaux d'étonnantes merveilles ;
Pour nous ces légions de savantes abeilles,
Jusques au chant du coq réglant notre réveil,
Ces vastes horizons, ce superbe soleil,
Avec ses tons si chauds, sa face éblouissante,

Sa brillante clarté, douce, vivifiante ;
Pour nous tous ces longs feux, ces rayons, ces splendeurs,
Ces scintillations, ces reflets, ces ardeurs,
Ciel, terre, espace, monts, solitudes profondes ;
Ces astres rayonnants ; en un mot, tous ces mondes,
Dont vous mettez toujours l'auteur en question,
Scellent fatalement votre damnation.

Beati mortui qui in domino
moriuntur.

Présumant beaucoup trop de votre intelligence,
Vous aviez espéré nous réduire au silence ;
Et prématurément enflés de vos exploits,
Vous allez les chantant haut, par dessus les toits ;
Vos fulgurants discours, vos doctrines infâmes,
Ebranlent certains cœurs, troublent de pauvres âmes ;
Vos aberrations, vos dangereux écrits
Mettent le désarroi dans de faibles esprits.
Jaloux de nier Dieu, d'en effacer la trace,
Vous raillez les croyants, vous riez de la grâce ;
Votre cerveau fangeux et si volontiers vil,
Enfante crânement l'enterrement civil.
Funestes conseillers de l'être qui succombe,
Vous osez profaner le culte de la tombe,
Mais vous ne ferez pas que votre esprit malsain
Parvienne à rien changer à l'usage si saint
D'imprégner plusieurs fois les cercueils d'eau bénite,
Et que les oraisons que le prêtre récite,
Montant avec l'encens, n'aient un réel pouvoir ;
Car c'est là, croyez-le, notre suprême espoir !

Quand il nous faut pleurer une existence éteinte,
Le chant grave des morts et la cloche qui tinte

Ont un je ne sais quoi de grand, de solennel,
Qui fait tout oublier pour ne songer qu'au ciel !
Ne blasphémez donc pas... le ciel est notre envie ;
Pour le ciel seulement nous comprenons la vie ;
Lui seul met à l'abri des craintes de la mort :
Le trépas du chrétien c'est son entrée au port !
La mort c'est le salut, la fin de l'esclavage,
C'est le terme fatal du long pèlerinage.
Quoi de plus consolant ! notre dernier adieu
Nous rapproche du ciel, nous mène au sein de Dieu.

Cette religion qui vous pèse et vous blesse
Fait attendre la mort sans la moindre faiblesse,
Comme sans hâte aussi ; car Dieu nous le défend,
Le précepte est formel, notre sort en dépend.

Le chrétien ne marchant jamais dans les ténèbres,
N'est point importuné du son des glas funèbres ;
A la voix de l'airain il élève son cœur,
Il prie ! et vous tremblez !... cette voix vous fait peur !...
Ses chants sont tout-puissants pour l'âme qui s'envole ;
S'il pleure, la prière aussitôt le console.
La prière !... eh ! mon Dieu ! quittez ce ton railleur,
La prière grandit, rassure et rend meilleur.

Et lorsque la raison, les lois de la nature
Nous font un strict devoir d'orner la sépulture
D'un frère ou d'un ami, d'un être cher enfin,
Vous viendriez déverser sur nous votre venin ?
Eh quoi ! vous oseriez dans votre impur langage
Dire à celui qui perd un enfant en bas-âge

Que le touchant motif de résignation
Qui calme sa douleur n'est qu'une illusion ?
Dieu n'est pas ! point de saints, de célestes phalanges !
Grossière erreur le ciel ! et mensonge les anges !
Ce bourgeon desséché par un soleil d'août,
Il est là, sous tes pieds, de la terre... et c'est tout ?...

De la terre, et c'est tout ! quelle pensée amère !...

Et quand le fils en pleurs sent l'âme de sa mère
Tressaillir de bonheur sous le pieux baiser
Qu'en priant sur sa tombe il vient de déposer
Sur la fleur retraçant cette image si tendre,
Qui semble lui sourire et vouloir le lui rendre,
Et dont le doux parfum vient le réconforter,
Vous oseriez aussi lâchement l'insulter ?
Comment ! rien au delà de cette pierre humide ?
La mort, la froide mort, l'affreux néant, le vide ?
Point de Dieu, point de ciel pour l'homme vertueux ?
D'enfer pour le méchant et le voluptueux ?
L'être surnaturel que notre âme redoute,
En ce temps, d'après vous, ne vaut pas même un doute ?
Ce Dieu que nous craignons ne serait que fictif,
Purement idéal et n'aurait rien d'actif ?

En vérité, messieurs, de cet affreux système,
L'ensemble est une horreur, chaque mot un blasphème !
Reconnaissez enfin que ces conceptions
Ne sauraient enfanter que pleurs, déceptions !
Infidèles à Dieu, flétris par le parjure,

Contre Lui, contre nous, vous vomissez l'injure.
Mais du ciel irrité, craignez le châtiment,
Du vrai, du juste, au moins, ayez le sentiment.
Du pays éprouvé voyez couler les larmes !
Par pitié, hâtez-vous de mettre bas les armes.
Du Pontife romain saluez le drapeau ;
De ses chères brebis rejoignez le troupeau.
Assez de maux, messieurs, de guerres intestines,
Assez d'affreux malheurs, d'effroyables ruines.
Assez d'actes honteux de profanations,
De luttes, de combats, d'abominations !

En vain du cœur chrétien vous vous mettez en quête,
Jamais vos arguments n'en feront la conquête !
Il vise à d'autres fins que la brutalité,
Il est né pour le ciel, pour l'immortalité !
Du saint amour de Dieu son âme est trop éprise
Pour devoir redouter jamais une surprise.
Malgré notre dépit, gardez bon souvenir
Qu'ainsi que nous naissons, nous prétendons mourir
Comme nos devanciers, selon l'usage antique,
Munis de l'onction et du saint Viatique,
Pour, sur notre tombeau, voir d'en-haut nos enfants
Adresser au Seigneur leurs vœux simples, touchants.
Entre tous vos projets rayez de vos registres,
Cette suppression du Christ, de ses ministres,
Du grand giron romain vivez, mourez exclus,
Mais à nous convertir, allez, ne songez plus.

Du Dieu mort sur la croix nous voulons l'héritage,
La couronne des saints, le ciel même en partage !
En te glorifiant, Jésus, fais-nous mourir,
Fallut-il arborer la palme du martyr !

En demandant pour nous les gloires éternelles,
Nous te prions encor pour nos frères rebelles.
Pardonne leurs excès, délivre-les du mal
Avant d'être assignés devant ton tribunal.

Oh ! prends pitié surtout des âmes indécises,
Afin qu'au dernier jour, jour des grandes assises,
Sans trouble, sans effroi, sans un tressaillement,
Elles puissent ouïr le dernier jugement.

TARBES. — IMPRIMERIE DE TH. TELMON.

www.ingramcontent.com/pod-product-compliance
Lightning Source LLC
Chambersburg PA
CBHW060845180626
46818CB00004B/1588